KB177323

외마디 경전

국립중앙도서관 출판예정도서목록(CIP)

외마디 경전 : 손경선 시집 / 지은이: 손경선. -- 대전 : 지
혜, 2017
    p. ;   cm. -- (지혜사랑 ; 178)

ISBN 979-11-5728-247-0 03810 : ₩9000

한국 현대시[韓國現代詩]

811.7-KDC6
895.715-DDC23   CIP2017021961

지혜사랑 178

외마디 경전

손경선

지혜

시인의 말

수없이 썼다가 지운 말들,
내가 낳은 수많은 나,
그중에서 몇을 고른다는 것은
스스로를 드러내는 부끄러움으로 너무 힘이 들었다.
비가 갠 뒤 맑은 하늘에 떠오른 태양 아래
발가벗고 서서
불어난 흙탕물에서 몇 마리의 버둥거리는 물고기를
건져 올려 종이 위에 펼쳐놓고
감사한 마음으로 바라본다.
감사가 넘치는 세상이다.

2017년 7월
손경선

차례

1부 외마디 경전

2부 그늘에서 피는 꽃

3부 음덕

4부 수목원에서

• 일러두기
한 연이 첫 번째 행에서 시작될 때는 > 로 표시합니다.

－몸과 정신, 시 세계의 원천인 어머니께 이 책을 바칩니다.－

1부

외마디 경전

봉분

내가 못질로 일군 봉분
어머니 가슴에 서고

어머니 안 계셔서 세운 봉분
내 가슴에 서고.

외마디 경전

세상에서 맨 처음 배워 익혀 뱉은 말
엄마

세상에서 마지막까지 가슴에 담는 말
어머니.

깨달음 1

망치질을 하다가
손가락을 때리고 나서야
못질하고 있었음을 깨닫는다

찔끔 떨군 눈물방울에 어리는
주름진 얼굴과 구부정한 허리
어머니의 그림자.

첫 눈

왜 늦었느냐고 묻지는 않았다
그냥 반가움이 앞섰다

아무도 알려주지 않는
하늘의 소식이 궁금하던 터라서
첫 눈에게 묻고 싶을 뿐이다

눈물을 불러서라도
목이 쉬게 묻고 싶던
어머니 소식을 가져 왔느냐고.

비밀

산사람은 산을 오를수록
산을 모른다 말하고
뱃사람도 바다로 나갈수록
바다를 모른다 말한다

평생 농사만 지으신 어머니
하늘이 내린 만큼,
땅이 허락한 만큼 거두는
아무도 모르는 이 비밀을 알고 싶어
몸소 하늘로 가셨나

뭘 좀 아는 척
비틀거리며 세상을 살다가

온통 모르는 것만 있는 것을 깨닫고
어머니께 물어보려 찾아가면
하늘에서 보아도 땅의 일을 몰라서
알려 줄게 없다며

하늘과 땅의 일은
아무도 모른다고 말하시리라.

손을 말하다

모든 간절한 것은
두 손 모아 기도하고 손꼽아 기다린다

손을 맞잡고 평생을 같이하며
운명조차 손금으로 말하고
맛있는 음식은 손맛으로
삶의 흔적은 지문으로
만남과 이별은 악수로 알린다

밤새 봉숭아로 물들인 손톱에는
가슴 벌렁대고 얼굴 붉히는
다가올 첫사랑이 잠자고
엄지손가락으로 최고를
새끼손가락으로는 천년을 약속한다

뜨락의 잡풀을 뽑는다지만
가슴의 근심을 뽑았던
세상의 모든 사랑을 담은 어머니의 손
그 손을 잡고 걸어간다.

어머니 1

가시려면 귀띔으로,
눈짓이라도 있겠지 믿었는데
아무런 말씀도 없이 가신 어머니

아마 귀띔도, 눈짓도 몸부림으로 하셨는데
사느냐고, 그냥 사느냐고 모르고 몰라서
안녕히 가시라는 인사도 못 드리고
이제사 눈물 뚝뚝 흘리면서 살아요

여전히 귓가에는 밥은 먹었니
춥다 옷을 든든히 입어라, 아픈 데는 없니
뭐든 열심히 해라, 남에게 억울하게 하지마라
환청으로 남아 있고

세상의 햇살은 점차 줄어들지만
어머니 그림자는 커져만 가요
편히 누우신 한 평 무덤 속
부디 봄비라도 맞지 마세요.

어머니 2

새벽 하얀 박꽃과
산그늘에 손톱으로 찍은 초승달
맘씨 좋은 바람과 햇빛만이 친구였던
어머니는 농사꾼이었다

곰삭은 얼굴과 구부정한 허리
몸빼자락에 얼룩진 희끗한 소금
새우젓처럼 짓이겨져
무릎걸음으로 고개를 숙이셨던
어머니는 무지렁이였다

쉰 살이 되셨을 때는 인생이 쉬어버렸다고
한탄하시던 휘파람 소리

만개한 꽃 속에서 귀천하시는 날에야
세상 모든 이가
비로소 어머니께 무릎 꿇고 절을 하였다

변변치 못한 아들도 무릎을 꿇고
절하고 절하면서
퉁퉁 부은 어머니의 무릎을 우려먹고
밟고 올라선 그림자를 보았다.

어머니 3

야트막히 내려앉은 구름 편으로
하늘에
작은 의자 하나
보내드려야겠다
힘들 때
앉아서 쉬시라고

남녘에서 불어오는 바람 편으로
하늘에
물렁한 복숭아 몇 알
보내드려야겠다
배고플 때
맛있게 드시라고.

어머니 4

철화백자를 쇠로 빚는 줄 알던 시절
어머니는 무쇠팔을 가진 줄 알았다

꿈에서도 진정 혼자였을 터
하늘이나 땅이 울리는 소리를 들으며
누구를 기다린 것일까

무릎걸음을 걸으면서도
그 팽팽한 삶의 끈을 당기기만 한 사람

살아가는 길은 온통 벼랑뿐이어서
무쇠 다리로 그렇게 버티셨으리

흙으로 돌아가신 뒤에야
모든 도자기는 흙으로 굽는 걸 알게 되었다.

어머니 5

만약 하나님 흉내를 낼 수 있다면
가을 날 투명한 파란 하늘에
작은 창문을 하나 내었으면 좋겠다

한 걸음 한 걸음 천천히 다가가서
작은 창문이 열리기를
평생토록 문밖에 서서 기다리다가
꼭 보고 싶은 주름진 얼굴이 있다

다시 하나님 흉내를 낼 수 있다면
가을 날 투명한 파란 하늘에
널찍한 창문을 하나 더 내었으면 좋겠다

다시 한 걸음 한 걸음 소리 없이 다가가서
널찍한 창문이 열리기를
또 평생토록 문밖에 서서 기다리다가
꼭 잡고 싶은 거친 손이 있다.

어머니 6

어떤 날은 떡잎부터 될성부른 나무라 믿고
어떤 때는 대기만성이라 믿고
믿다가 또 믿다가
가슴에 하늘에 오르는 계단을 지으신
어머니

언젠가 그리움을 잃어
다시 뵙는 날
그래 왔구나,
반갑게 맞이해 주시는 날

이생에서 지은 업
큰 소리로 나무라시고
회초리라도 따끔하게 치시리라
그렇게 믿고 또 믿고
지금 살아가는 겁니다.

카네이션 1

부뚜막의 맑은 물
한 대접 앞에서
거칠어진 손바닥을 비벼
꽃이 되었다
참 까맣고 주름지게 피었다.

카네이션 2

걱정으로 주름지고 사랑으로 붉어진
영혼에 바치는 꽃

하얀 봉투 뒤로 오월의 꽃이 사라진다
눈에 보이는 게 전부인 세상
봉투는 점차 서늘해지고

따뜻하게 펄떡이는 심장의 자리에서
길을 잃어버리자
갈수록 세상은 허기에 빠져들고
마음마저 점차 아득해지고

그러나, 아직 다 식지 않은 기도로
가슴속 꽃밭으로
제자리를 찾아가는 이름이다.

머위

화려한 꽃으로도
홀리는 향으로도 기억되지 않습니다

그늘진 밭두렁에 되는대로 자라서
긴긴 봄날 일에 지친 어머니
입맛 돋웠던 나물로 기억납니다

쓰다고 손사래 치던 나물이,
그 쌉싸래한 맛이
이제 입맛을 되살리는 것을 깨달았습니다

내 넘어지고 아프면 흘렸던
어머니의 눈물과 한숨이
붉은 대공이 되고, 쓴맛이 되고
펑퍼짐한 이파리는
세상을 가리던 방패였음도 알게 되었습니다.

감자탕

감자탕에 솟구친 뼈대로 말없이 누운
돼지 한 마리
세상의 온갖 오욕에도 굴종하며 살아가는
그를 지탱하는 중심축이었던
그 힘차고 단단한 등뼈

삶을 영위하는 돌진의 시대가 끝나자
이리저리 살을 발리고 반쪽으로 빠개져서
뼛속까지 드러낸 채 시래기를 둘러쓰고
푹푹 하얀 김을 뿜으며 익어간다

뚝배기 속에는
눈을 부릅뜨고 한 생을 버티어
하늘을 받치는 기둥으로 세상을 지킨
감자를 닮은 어머니 얼굴도 비치고
언제나 아픔을 홀로 맞이하여
가슴에 매달려 부르르 떨던 슬픔이
뒤늦게 터져 나오는 울음소리도 들린다.

그 자리

멀리 가슴속을 들어낸 바다가 보이고
꽃, 하얀 구절초 꽃이 피면
풀벌레 울어 슬픔을 잊는 곳

그런대로 세상을 살아가고
다른 사람의 사랑을 받는 것이
죄인으로 산다는 증거가 되는 곳

아직도 쓰러진 고목을 칡넝쿨처럼 감고
꼭대기로 향하면서
무릎 꿇고 고개를 숙이는 곳

세상을 들쳐 업은 어머니가
마침내 누운
바로 그 자리.

대보름 밤

달집을 태우자 집을 잃은 슬픔에
달은 한층 부풀어 오르고
눈썹이 하얀 꿈길에서 밤을 새운 아이가
오줌을 싸는 밤
아득한 세상을 핑계로 귀밝이술을 마신다

눈이 부시거나 뜨겁지 않게 어둠을 밝히다가
해가 나타나면 몸을 숨기지만
별을 지우지는 않는다
동에서 서로 걸어도 하늘은 기울어지지 않고
어느 한구석 일그러진 부분이 있어
내일 다시 떠오르는
가슴에 거뭇한 얼룩을 품은 달에게
얼룩의 이름으로
얼룩 많은 나를 기도한다

농부를 깨우고
어부를 바다로 이끄는 달
어둠속에서 몸부림치는 세상 모든 것들을
안아주는 달
해만 바라보다가 밤하늘을 잊은 나를
소리 없이 내려다본다
어머니는 달이 되었다.

명절

한숨에도 무게가 있다
먼 산을 보며
심난하다는 독백과
긴 한숨으로 맞았던 어머니의 명절

알 듯 모를 듯한
마땅히 해야 할 일
하고 싶은 일이 쌓여있건만
어쩌지 못하는 삶

하늘이나 땅에도 말 못한
슬픔 외로움 불안 그리고
땅이 꺼지게 무거운 자식 사랑으로
붉게 쏟아내는 높은 한숨

한숨에 실린 무게
이제야 조금씩 깨닫는다.

문득

어머니
어느 날 해거름에 문득 깨달았습니다

하얀 미소 찔레 꽃길도,
흰 머리칼과 깊은 주름조차도
가시던 그대로 따라가고 있음을

즐겨 드시던 것을 좋아하고
당신의 손바닥이 세상에서 제일 따뜻했음을
눈빛으로 하늘을 연주하고
말 없는 눈물로 늘 기다리며 사셨음을

세월이 그냥 가는 것이 아니고
잎과 꽃을 피우고 나서 열매를 맺게 하심을
겪어보아야 어리석음을 깨닫고
후회는 늘 늦게 찾아오는 것을 알게 하심을

이렇게나 많은 것들을
이제서야 홀홀히 알게 되었습니다.

보름달 1

휘영청 오른 둥근달이
어떻게 살고 있느냐고
잘 살았느냐고
조용히 묻는다

가끔은 어머니 주름진 눈매도
꺼내보면서
아직 바라는 것
이루고 싶은 것만 쌓아두었네요

달그림자 밟고 서서
가슴속으로만 대답했다.

식구

누구보다 뜨거운 가슴을 지녔기에
차가운 바닷물에 몸을 담갔다
끊임없이 밀려오는 고된 일의 해류에서
평생을 헤엄쳤다
퀭한 명태의 눈을 가진 어머니

얼음처럼 단단하게 집안을 지키는 형은 동태
궂은일을 도맡아서 얼었다 녹으며 자란 누나는 황태
나는 매사에 뻣뻣해서 방망이로 흠씬 맞아야 되는 북어
속은 부드럽지만 겉은 까칠한 바로 아래 여동생은 코다리
꼿꼿하게 세상을 사는 막내 여동생은 노가리

명란으로 품은 자식들을
파도 일렁이는 세상에 내보낸
어머니 속마음은 사실 곰삭은 창난젓
지금은 가고
다른 이름으로 남겨진 명태네 식구.

어떤 가르침

바닷물에 머리를 감다가
텃밭의 고랑에 입맞춤하다가
하늘 길에 마음을 두신 어머니

밭에 참외가 몇 개나 열렸는지
절대 손가락으로 세지 말라셨지요
익기도 전에 바닥에 떨어진다고.

손가락 끝에 숨은 조롱을
손바닥에 움켜 쥔 부끄러움을
가르치신 것 아닌가요.

언덕

'소도 언덕이 있어야 비빈다는데
없이 태어났으니 기댈 생각 말고
그저 노력으로 살아라'
기도로 남은 어머니 말씀

엄지에서 새끼손가락까지
씨앗에서 열매, 그루터기까지
하늘에서 땅까지
아무도 몰래 가슴에 품고 일군
일생 땀에 흠뻑 젖은 얼룩소

숨결을 불어넣고
바탕색과 얼룩마저 주시고
평생 비비고 기대도 닳지 않는
태산보다 높은 언덕이 되신
나의 어머니.

큰 절

구부리는 것은 받드는 것,
오랫동안 걸어가는 사람들을 받들었던
멀리 가는 길은 구부러지기 마련이다
울창한 고목으로 자란 나무도
하루하루 어제보다 더 몸을 구부리며 지나왔고
망망대해를 나는 갈매기의 날개도
바람을 받들어 활처럼 구부러진다

어머니의 온통 굽은 열 손가락
낚시 바늘처럼 구부러진 허리

비바람 부는 세상을 온몸으로 밀고 당기면서
변변치 못한 자식을 받들어 지키려는
하늘로, 땅으로
공손히 구부려 올리는 큰 절.

2부

그늘에서 피는 꽃

막국수를 먹으며

귀한 존재 되라고 험하게
가까운 이웃 되려고 편안하게 지은 이름이다
마구잡이가 아니라 언제라도
주린 배를 두둑하게 채우라는 이름이다
홀로 서지 못하고 흐늘거리지만
올곧게 직선으로 태어난 몸
얼굴은 거무스름하지만 속가슴은 순백이다
무겁게 짓눌릴수록 기를 쓰고 분틀의*
작은 구멍을 비집고 세상에 나온다
무미해서 맛이 있는 역설로
꽃도 박수도 없는 인생의 막을
스스로 여닫는 세상의 모든 막일꾼들에게
서두르지 마라, 언제나 마지막은 아니다
사는 건 굵고 짧은 것이 아니라
가늘고 긴 것이라고
젓가락에 꿰여 흔들리며 말한다.

* 분틀 : 국수를 빼는 전통 기계.

물길처럼만 흘러라

세상 살아가는 일이
물길처럼만 흘러라

바람 불어와 거슬러 흐르는 듯 보여도
유구한 흐름은 결코 바뀌지 않는다
멈춘 듯이 보여도 조금씩이라도
나아가고 있음을 믿고 또 믿어라

흐르다가 다른 물줄기를 만나면
서로 힘을 합하여
다시 하나 되어 큰물로 흘러라

웅덩이를 만나면 굽이쳐 흐르고
바위를 만나면 휘감아 돌아 흘러라
혹 폭포를 만나더라도 믿고 몸을 맡겨라

그때마다 다시 더 큰 하나 되어,
갈수록 큰물되어 흘러라

세상 살아가는 일이
물길처럼만 흘러라.

그늘에서 피는 꽃

태양의 손이 늦게 이마를 짚었을 뿐
변명은 조금도 필요 없다

묵묵히 일하다가 때늦은 밥은 얼마나 맛있던가
가장 늦게 뜬 새벽별이
가장 부지런한 사람과 함께 하는 것 아닌가

활짝 핀 생은 언제나 순간
바람 한줄기에 웃다가 흔들리는 것도 매한가지로
피어나는 순서는
흙으로 돌아가는 선후로 이어질 뿐이다

앞으로 나서려다 밀리거나 힘이 부쳐서
뒷전에서 서성이더라도
화려함을 비우고 기다리는 날
조금 작은 꽃송이거나 엷은 색,
가벼운 향기로라도 반드시 피어나는
누가 뭐래도 분명 두 손 모은 꽃이다.

새해 첫날

일출을 보려고 산에 올랐습니다
구름에 가려 얼굴은 보지 못하고
한 살 더 먹으면
고개를 들 때마다 부끄러움을 알라는
목소리만 들렸습니다

머리를 숙이고 산을 내려왔습니다
떡국을 나눠 주는데 그릇에 반도 안 되게 담고
한 살 더 먹으면
뱃속 가득 채우는 욕심을 줄이라는
소리로 가득 차 있었습니다.

달력

달력 찢는 소리가 서걱거린다
마주하는 순간
뒤통수만 보이며 달려가는
꼬리 잘린 시간의 비명소리

지난 시간들이 파닥이며 내려앉고
길은 갈수록 좁아져 다가온다

베이는 것이 세월뿐이랴
달력 뜯는 날은
이유 없이 온몸이 에이다
끙끙거리는 사이
마음 한 자락이
다시 서걱하고 베어져 지워진다.

발톱

한 몸이거늘 언제나 마지막으로 불린다
제 뜻은 아니어도 한 치의 문턱을
넘는 것도 그의 몫
뒷걸음은 치더라도 등을 보이지는 않는다

깎아내도 괜찮은 곳
가끔은 깎아내야 하는 부위
감춰진 낯선 세상

발자국 어디에도 흔적조차 없지만
맨 아래 바닥끝에 자리하여 몸을 받든다

뜨겁게 살아온
세상 어떤 끝자락도 아름다운 법
아름다운 모든 것은
잘라내면 잘라낼수록 파고들고
파내면 파낼수록 아프다.

늙은 개를 위하여

개 수발을 든다

한쪽 다리를 들고 힘차게 싸갈기는 오줌으로
세상을 점령하는 대신 지르르 두 발을 적시고
붉은 맨살로 구석을 찾아 잠만 늘었다
뵈는 게 없게 배포만 커졌는지
눈에 밟히는 누군가를 감추려는지
세월의 그림자가 하얗게 내려앉은 눈동자,
못 들은 척 딴청 피는 처져버린 귀
질곡의 세상사에 초연하다

가끔은 눈을 부라리고 큰 소리를 치며
세상을 믿지 못하는 나를
피하려는 게 아닌지 가슴이 뜨끔하다

누가 봐도 저승사자와 친해지는 모양새지만
그래도, 그런데도
사람만은 철석같이 믿어
은근히 몸을 비벼와 덥석 안으면
늙어진 자의 심장도 여전히 펄떡이고
참 따뜻하게도 전해오는 체온
차디찬 손이 부끄럽다.

눈물

눈이 아프다
과잉의 시대, 눈물만은 부족하여
모조된 '행복한 눈물'을* 힐끔대며
인공눈물을 넣는다

사람이 비치는 눈동자를 감싸기에
사람을 끌어안는다
노을을 지니고 태어나서
닿지 않는 맨살의 거리를 이어준다

끝까지 포기하지 않는다면
끝까지 버티는 세상일은 없다고
언제나 가장 늦게 세상에 나온다

위로의 입술이 있다
눈물 한 방울이 강물은 아니더라도
이 땅 슬픔의 별이 곱게 빛나고
기쁨이 날아오른다

눈물의 자리가 어딘지 모르겠다
생각해보니 눈물에 대하여 아는 게 없다.

* 행복한 눈물 : 리히텐슈타인의 그림.

매화차

겨울을 우려내 봄을 마신다

겨울바람이 흰눈으로 빚은 꽃
인고 뒤의 세상이 환하다
'구증구포九蒸九曝'*
향미를 돋게 하고 독을 제거한다지만
얼마나 몸부림치게 뜨거웠을까

막 벙글어 가는 꽃망울을
필생의 진수를 서슴없이 빼앗아 마시며
고고한 척 음미하는 소스라치는 위선

향기로운 꽃차 한 잔에도
여린 꽃의 요절이 숨어있다
자꾸만 죄를 덮는
세상살이에는 무슨 사연이 깃들어야
향기로울 수 있는가.

* 구증구포九蒸九曝 : 불에 올렸다가 식히고 식을만 하면 다시 올리기를
  아홉 번 하는 꽃차를 덖는 방법.

사이소와 다이소

시장 골목 양판점 다이소 앞에서
세월이 하얗게 내려앉은 헝클어진 머리의 경상도 할매
구덕구덕한 가자미 임연수어 도다리를 좌판에 올리고
지나는 사람들에게
'사이소 사이소 물 좋은 생선 사이소'를 외친다
화사한 실내에 그들먹하게 물건을 쌓아 놓은
다이소 간판이 밝은 불빛 아래 다있소로 빛나고
칼바람 부는 문밖에서
사이소를 외치는 노점과 묘한 조화를 이루는데
할머니 쭈글쭈글하게 마른 빈손이 허전하다
사람들 그림자 뜸해지자
찬밥에 뜨거운 물을 부어 서둘러 먹다가도
사람들이 다가오자, 다시
'사이소 사이소', 여기 다 있소
생선 몇 마리, 전 재산을 판다
비틀비틀 해가 서산으로 넘어간다.

비틀거리는 이를 위하여

술을 마신다
세상맛을 기억하여 쌉쌀하고
언제라도 밑바닥이 훤히 보이도록
투명해져서 술의 대장이 된 소주를
한 잔씩

흔들림을 마신다
세상살이가 쓸쓸해지거나
덧칠한 색깔로 바라보는 시선에 지치고
자신의 바닥이 들어나는 순간마다
한 잔을

사람을 마신다
마주 앉은 가슴에
그 맛을 새겨야 술맛이 완성되는 법
살아가는 일에서 한 발 물러서는
용기를 주는 친구가 옆에 있을 때마다
또 한 잔을

세상일은 눈뜬 봉사라서 질끈 감고 마시면
누구는 비틀거린다 말하지만
흔들리는 세상에 온전히 몸을 맡겨
똑바로 걷는 제자리걸음이 아닐까.

민다

일어서지도 못하는 아이
짧은 다리로 더듬더듬 유모차를 민다

검은 머리의 그가
두 발만으로도 힘차게 세상을 민다

성근 흰머리의 세상
엉거주춤 빈손으로 눈 위의 자국을 민다

셀 수 없는 순간마다 온몸으로 민다

밀고 또 밀다가
스스로만 밀려난다.

독거시대

집집마다 홀로 산다

일자리를 찾아 서울로 온 아들
손바닥만 한 고시원에서 홀로 자고 일어나
길가에서 황급히 컵밥을 삼키고
내일을 헤아리며 종종거린다

굽을 만큼 구부러진 어머니
고향집에 덩그러니 혼자 남아
찬밥 한 덩어리에 물을 붓고
쪼그린 채 어제를 더듬는다

밤새 막막하게 틱톡거리는
스마트 폰,
꺼질 줄 모르고 끙끙대며 한숨을 토하는
텔레비전이 유일한 기척

날마다 가슴에
울먹이는 집 한 칸 짓는다.

알 수 없는 세상

울컥 화가 솟아올랐지만
이유는 모른다
문득 호방한 웃음이 일었지만
까닭은 모른다
불쑥 울음이 터졌지만
역시 연유를 모르겠다

매일 보는 거울 속 얼굴
좌우가 뒤바뀐 허상,
뒤통수 한 번 제대로 본 적 없고
녹음기에서 흘러나오는 내 목소리
참으로 낯설다

세상은 모르는 것 투성이지만
정말 모르는 것,
전혀 알 수 없는 것은
바로 나였다.

구절초

천 갈래 만 갈래 중생의 시름을
부처님께 하얗게 고했다
백팔 배로 제 몸을 사르는 노승의
강물처럼 흐르는 미소로 대답했다
풀 먹인 장삼 자락이 일렁이면
구절초향이 흘렀다
하늘의 해도 오수에 들고
바람마저 산허리에 기대어 쉬고 있다
거기, 사람 속에 또 사람이 있어
새롭게 피어나고 있다.

혀

속을 보여주지 않는다면
절대 드러나지 않는다

두꺼비의 날랜 혀 먹이를 잡아채고
갈라진 뱀의 붉은 혀에서 뿌려지는 의심
서로 물끄러미 바라본다

세상은 생각보다 먹이가 많고
말이 넘쳐
한통속들이 뒤집어져 나뒹군다

침묵에도 많은 말들이 내려앉았고
너무 큰 소리가 날아오르는 적막,
망각은 누군가의 음성으로부터
도망치는 일

작은
혀 제일 크다.

산의 가르침

높은 산이 말이 없는 것은
오르면 오를수록 말을 아끼라는 의미

산골짜기에서 물소리가 나는 것은
나락에 빠질수록 큰 소리로 헤쳐나라는 뜻

세상 모든 산에
봉우리와 계곡이 함께하는 것은
올라가면 반드시 내려온다는 가르침.

마스크

얼굴 없는 세계에는 이름이 없다
잃어버린 이름 너머
나를 감춘 얼굴은 파랗게 굳어갔지만
점잖은 미소를 지은 것처럼 보일 것이다

허풍스런 웃음을 달고 희죽댈 지도
살모사처럼 혀를 날름거리며 주위를 염탐하고
빨아들였던 분노를 아무렇지도 않게
뱉어내고 있을 지도 모른다

세상의 문을 닫고, 마음을 걸어 잠근
갇혀버린 나는 빙벽보다 더 섬뜩하다
얼굴 없는 얼굴
이름 없는 사람들이 오고 간다.

난제

내가 누구인지
도대체 알 수 없다

사람들을 만날수록
왜 자꾸 혼자가 되는지

산다는 게 무엇인지
아는 사람을 본 적이 없다.

나의 주기도문

죄를 지었다
많은 죄를 지었다

목소리 큰 사람을 따라 소리를 높이고
듣기 싫은 소리에 귀를 닫았다

다른 이에겐 엄격하고
자신에겐 한없이 관대한
홀로 정한 세상 기준

모든 원하는 것들 중 하나도 베풀지 못한
수많은 죄

죄를 사하여 주옵시고
다만 악에서 구하옵소서.

간판

도심 깊은 곳일수록
화려한 간판들이
저마다 자기를 알아달라고
높은 곳에서 환하게도 광채를 발한다

가까이 다가갈수록 그렇게 알리고 싶어 하던
내용은 알 수가 없고
지저분한 얼룩과 얽히고설킨 낡은 전선,
빛에 홀려 날아든 하루살이의
시체들만 널려있다

겉 다르고 속 다른 것이 세상이라고
현란한 간판을 쫓아 모두들 달리지만
그 아래에는
빈 가슴들만 그들먹하게 모여
자꾸만 자신에게서 빠져나와
밖으로, 또 다른 사람에게 향하고 있다

불이 꺼진 조용한 방에 들어서서야
비로소 사람들은 다리를 뻗는다.

정상

산을
오를 때마다
높이, 더 높이 오르는 사람 본다

정상을 향해 바쳐진
바싹 마른 시선과 가쁘게 매달린 숨결
속울음 짓는 심장의 방망이질
서로를 모르는 검게 솟구치는 땀

노곤한 다리의 헛발질에
밟히는 민들레의 비명

터를 잡고 여린 움을 틔운 자리
흔들리더라도 꽃대를 밀어 올려 꽃을 피운,
활짝 웃어도 누구도 보아주지 않는,
그러다가 솜털 씨앗을 날리고 떠날 자리
바로 여기, 이 자리가 정상

뿌리를 품에 안는 땅 속 자리가
마지막 정상이라 외친다.

이른 봄의 갈대

죽어서까지 흔들리는 것이 당신,
바람이 풀어내는 매서운 발길질에
부러지지 않으려 끝까지 버티었을 뿐
흔들린 적 없건만 흔들린다 말한다

이미 충분히 흔들렸다고
잘 견뎌냈다고, 굽지는 않았다고
뿌리를 깊게 내려 서로를 지지한다

버들강아지 움트는 밤
눈물처럼 조용히 술 한 잔 올리고
푸른 봄을 위해 기도한다

털이 빠진 붓으로
겨울의 마지막 편지를 쓰면서도
누구나 사는 법은 똑같다고
바닥에 닿으면 안간힘으로
눕지 않고 다시 일어선다

바람 부는 강변에서 그렇게 한 생이다.

부처를 만나다

초록이 그리운 겨울의 끝에
마곡사 대웅보전 앞을 지나다
근엄하게 정좌한 불상이 아닌
살아 움직이는 석가여래를 보았다

그 부처
흔들림 없이 하나의 의식을 치른다

절대 지지 않겠다고 꼿꼿이 세우던 몸으로
조용히 발끝으로 서더니
발목 무릎 허리 목의 순으로 허물 듯 엎드리며
세상을 더듬던 두 손바닥을 들어 하늘을 받든다
바닥을 파고드는 머리와
치켜 올라간 엉덩이
백원 동전만하게 구멍 난 양말

하늘을 받들며 고개를 숙일수록,
부끄러운 부분을 자꾸 환하게 드러낼수록
솟아오르는 성스러운 기운
절 한 번에 한 가지씩 번뇌를 버린다
마디마디에 염원을 새긴다
한 번, 두 번, 세 번, 마침내 백팔 번

스스로를 비우며 절하는
생불을 보았다.

3부

음덕

자전거 단상

땅바닥을 굴러야만 앞으로 나아간다
모나지 않고 둥글어야 그나마 구를 수 있다

오르막과 내리막은 늘 동행하고
평탄한 길과 울퉁불퉁한 길도 함께 한다
그래도 길을 벗어나서는 달릴 수 없다

계속 앞을 바라 봐야지
스쳐 지난 일에 눈을 돌리면 넘어지기 쉽다

멈춰 서면 바람은 잠자고
달리는 길에서는 언제나 맞바람이 분다

똑바로 간다고 하지만
기실 쉼 없이 좌우로 흔들리고 있다

천천히 가는 것이 더 어렵다
쓰러지지 않고
제자리에 서기가 제일 어렵다.

음덕

햇살을 먹고
해를 향해 자라는 나무지만
정작 만드는 것은 그늘

누구나 양지를 쫓아 달리지만
막상 고단하고 지칠 때
편히 누워 쉴 자리는 그늘

세상을 밝히는 해가
가슴 속에
깊이깊이 품은 것도 그늘이었다.

이순 즈음에

비록 살아 갈 날이
살아 온 날보다는 적게 남았을지라도
아파서 누구를 찾아가기보다는
아직은 아픈 사람이 찾아오고

가끔은 시시콜콜한 얘기를
나누고 싶은 사람이 떠오르고
때로는 책을 읽다가 눈물이 흐르고
땀에 젖은 속옷의 감촉이 상쾌하고

머무는 듯 스쳐 지나가는 바람이
너는 외로운 존재라고
아예 이름조차 없는
세상의 먼지에 불과하다고
말을 걸어올 때
아둔한 귀는 축복이라 듣는다.

세상의 기준

농부의 세상 기준은 농사 절기이고
어부는 사리와 조금을 가르는 물때입니다

시장 상인의 세상 기준은
이문이 날 것인가이고
월급쟁이는 월급날입니다

나름 명문학교 출신 선배의 기준은
출신학교 몇 회 졸업인가이고
헐헐 웃는 향우회장은 고향입니다

나의 세상 기준은
당신이 어디에 있고
무슨 생각을 하고 있나입니다.

유리창을 닦으며

커튼을 열어 제치고 해를 본다
나무가 활개 치며 다가오고 하늘도 속까지 훤히 보인다
공간을 나누었지만 벽 사이로
투명하게 사물이 드러나는 유리창
무색투명하기까지 얼마나 숨 가쁘게 달려왔을까

산다는 것은 어긋나는 것
커다란 바위 덩어리가 흔들리고 휩쓸려서
이리저리 뒹굴고 부딪히고 깨어지며
갈고 갈리어 마침내 작은 모래알
얼마나 많이 세상을 떠돌았을까

종내는 몸을 녹여 모래알의 세계에서는
세상을 보는 것을 포기한 내력으로
사람들이 차지한 공간 너머의 세상을 보여주고
스스로를 볼 수 있게 거울이 된다
만들어진 허구 속에서 나를 비춰본다

유리창을 닦으며 나를 닦는다.

채석강에서

수천 년 층층이 쌓는 것이 세상이다
겹겹이 쌓인 것이 서러움이고
단단히 쌓은 것이 믿음이었다
툭 삐진 모서리가 분노였으며
검게 물든 사랑이
한 층 두 층 쌓여서 산을 이룬다

산다는 것은 오롯이 제자리를 지키는 일
꼭 가야할 곳이 있다고 꿈은 꾸었지만
층층이 내려앉아 미동조차 못하고
바람결에 울 뿐,
묵직하게 눌릴수록 단단해지고
무겁게 압축되어 편평해진다

보이지 않는 가슴에 습곡을 끌어안고
어긋난 단층을 쌓아두는 것이
하늘을 우러르는
세상살이임을 비로소 알겠다.

송년사

누구에게나 공평히 다가오는
서늘한 한 해의 끝
부장품은 목에 걸린 가시다

혼자 힘으로만 여기까지 오지는 않았다고
송별 인사를 하려 차려놓은 상에서
살이 저며진 채 눈을 껌벅이는
도다리가 송년인사를 한다

펄떡펄떡 뛰는 몸으로도
결코 높은 곳에 오르지 않고
한 쪽으로 눈이 쏠려 있어도
세상 이쪽과 저쪽을 모두 보고
납작하게 몸과 마음을 다지면
낮게 자리해도 낮은 것을 모른다

낮은 자리는 언제나 적막이 높아
눈물이 쉽게 무너져 내리고
무너진 바닥에서 사랑은 싹튼다고.

오후

사람들 시답잖은 소리에
책상 위 전화기도
가끔은 뱰이 뒤틀리는지
배배 줄을 꼬았다.

섬

침묵의 바다에서 언제나 홀로다

누군가 찾아오지만
돌아보면 언제나 혼자,
누군가를 기다리지만
변함없이 홀로다

마음의 뒤란에도 자리하는 섬

덕지덕지 쌓인 외로움의 끝에서
지나치는 사람들의 이정표가 된다.

질주

그도 달리고 있었다
주먹을 불끈 쥐고 전력으로 질주할 때,
엄지 아래 맨 밑에 깔린
구부린 새끼손가락도.

파종

'말이 씨가 된다'
는 말을 믿는다

마음을 온전히 전할 수는 없었지만
너에게 했던 나의 말이
씨가 되어

당신에게서 자란 풀 한포기를,
꽃 한 송이를,
한 톨의 새로운 낱알을 보고 싶다

그 씨앗을 다시 나에게 심어
무성히 자라게 한 후에
다시 너에게로 전하고 싶다.

허수아비

그때, 거기
말없이 서있는 것이 그의 생이었다

제 집 농사는 언제 지으려고
하루 종일 졸다 깨다 소리 없는 외침으로
남의 논만 지키는지

스쳐가는 바람에게서
함성을 배우는지도 모르겠다.

하루살이

허락된 시간은 오직
절벽 같은 하루

땅을 디딘다면 죽음
벼랑 끝의 일생일지라도
오지 않는 내일은 언제나 희망

부끄럽지 않는 삶을 위해
쉼 없이 하늘을 날고
외로움을 이기려 무리를 이룬다

날개짓 한 번도 없는
사람들

백년을 산다한들
찰나의 순간
외마디 통곡이다.

표리

낚여 올려진 물고기
숨통 막히는 고통으로 아가리를 딱딱 벌리고

낚아 올린 낚시꾼
숨통 트이는 기쁨으로 입을 활짝 벌리고.

청소

창문을 활짝 열고
높은 곳의 먼지부터 턴다

나의 소리를 경청하고
존중해 주기를 바라는 욕심

존재가 무겁고
높이 오르기를 바라는 조바심

함부로 높은 곳에 오른 마음의 먼지
털고 또 털어낸다.

햇밤

뜨거운 열기와 서늘한 귀뚜리 소리를
한가득 가슴에 담더니만
가시가 짧아지고 속으로만 단단해지더니
온몸을 활짝 열었다

쏟아지는 알밤을 따라
철렁하고 가슴이 내려앉는다

마음속의 까칠한
가시가 짧아지려면
아직도 먼데.

내비게이션

남자가 성공하려면
여자 말을 잘 들어야 한다
생전에 틀린 말을 별로 하신 적 없는
어머니 말씀
운전면허를 취득한지 삼십여 년
오늘도 낯선 길에서
여자 말을 따라 그대로 가고 있다
갈대만큼 구부리고
눈물을 닦고 보아도
숨어 있는 삶의 길
세상을 살아가는 면허는 구경조차 못했으니
아직도 철부지 어린아이
누구 말을 귀담아 듣고 살아가야 하나.

그냥

― 진료실에서

어디가 아픈가요
그냥, 온몸이 아프고 답답해요

언제부터요
그냥, 좀 되었어요 한참 되었어요

어디인지도, 시작도 모르는 아픔
덩그러니 이 자리에 서 있는
오롯이 벗어 걸친 삶의 허물

그냥,
생의 바다를 건너는
가장 명확한 언어.

서툰 문답
― 진료실에서

허리가 아파요 왜 그렇지요
머리가 욱신거리고 어지러워요
무릎도 쑤시고 가끔은 찬바람이 나요
왜 그런가요

제가 뭘 아나요
알면 또 어쩌겠어요
알 수 없는 삶이고
어쩔 수 없는 세월이라고 말들 하던데요

그냥 소리 없이
서리 맞은 무청이 그나마 시래기라도 된다는
지난 번 말씀대로
지금 제대로 맛이 들어가는 것 아닌가요.

치매행

살면서 두 번째 맞이하는,
뼈와 살이 간직한 대로
천진하게 울고 웃던
처음의 어린 시절로 되돌아가는 일

욕망과 타락 시퍼렇게 분분한
젊음의 미로를 지나
정정한 물길 환히 보이는 길목에서
펄럭펄럭 털어내는 왜소해진 백골의 무게

해와 달, 비와 바람을 잊고
잊었다는 것마저 잊고

기억 너머의 기억을 찾아 떠나간다.

진료실 1

단 두 평 혹은 세 평 방안에
말뚝도 없고 고삐도 없고
코뚜레도 또한 없지만
왼쪽 콧구멍과 오른쪽 콧구멍 사이에
구멍이 뚫린
부르르 몸을 떠는
한 사람 앉아 있다.

진료실 2

어설픈 의사가 되기에는 삼십 년이 필요했고
환자의 말을 알아 듣기까지는 육십 년이 걸렸다

산은 산이요 물은 물이라는 말씀
이걸 알기까지는 얼마나 걸릴까.

요통 1

기다리는 사람은 아무래도 오지 않고
기다리지 않아도
살아온 아픔만큼 불현듯 찾아온 손님

상체를 꼿꼿이 펼수록 아픔이 더한 것은
너무 허리를 뻗대고 살아온 댓가
자꾸 구부리며 살아가라는 깨우침

걸음을 뗄수록 심해지는 통증
갈 곳과 가지 않을 곳을 가려서
세상을 걸어가라는 계시

아플수록 일그러지는 얼굴
사는 게 힘이 들더라도 감사와 웃음으로
세상을 살아가라는 가르침.

요통 2

어쩌다 넘어지지도 않았고
그렇다고 사는 것이 힘들다고
주저앉지도 않았는데 허리가 아프다

요추간판 수핵 탈줄증

앞으로는 왼쪽이나 오른쪽
어느 쪽으로도 기울이거나
상체를 곧추 세우지도 말고
등을 바닥에 대고 낮게 기대어 살아가야겠다

때로는 흔들리다, 흔들리다
또 흔들리며 세상을 살아가야만 하겠다.

4부

수목원에서

수목원에서

가득하였지만
과하지도 않고, 빈 곳도 없이
제 이름으로 자리한 한바탕 장마당
나무의 여백은 나무였다

가진 것을 드러내기보다는
감추어서 존재가 두드러지는 삶의 길
나무는 어디까지 가보았을까

나무가 나눠주는 빗물로 목을 축이고
남겨준 햇살을 받고
흘려버린 바람을 맞으며
땅속으로 깊게 내린 뿌리의 절반만이라도
세상으로 뿌리를 내리고
나무가 간 곳의 반의반만큼이라도 이르러
다시 작은 나무가 되어 함께 서고 싶다.

바람 소리

조용히 나무를 흔들며 가는 바람은
외로울 리 없다고 믿었더니만
사람들 사이에서 바람이 되어보니
외로움으로 나무를 흔들었다는
바람의 작은 소리 들렸다

훨훨 털어버린 허허로운 바람은
아무것도 가진 것이 없는 줄 알았더니만
꽃가루를 가득 싣고
꽃에게 가는 중이라는
바람의 노래 소리 들렸다

바람끼리 섞이어 여전히 바람인 채
뿌리 깊은 나무를 흔들었지만
바람 홀로 흔들고
저 혼자 흔들렸다는
바람의 한숨 소리 들렸다.

까치집

높게도 지은 걸 보니
올해도 큰 바람은 없으려나보다
삭정이를 물어 날라 처음부터 고택古宅으로
새순이 돋기 전부터
미루나무 꼭대기에 튼튼히도 지었다

폴짝 날아올라 동네 한 바퀴를 순례하고는
답답하고 슬프고 고달픈 세상사는
짐짓 모른 체하고
반가운 손님이 오시는 소식만
온 동네에 시끌벅적 전한다

까치집을 바라보며 조금 더 높이
하늘에 닿도록 집을 지으려던 철부지 꿈은
구름을 타고 흩어졌지만
가슴에 선명한 조각으로 남아
간간이 어루만질 뿐이다

하루 종일 노래하던 쓰름매미 목이 쉬어 돌아가고
색색으로 손짓하던 나뭇잎도 지쳐서 떨어지고
까치가 찾지 않아 반쯤 부서진 둥지에
차가운 눈바람만 매달려 울면서

내 생의 아랫목,
고향은 차츰 식어만 갔다.

꽃밭에서

빨강을 가졌기에 빨간 꽃이고
노랑을 가져서 노란 꽃임을
저만 홀로 모른다
흰 꽃도 하얗기에 꽃이 되었으며
붉은 꽃, 노란 꽃, 흰 꽃
함께 있어 꽃밭이다

세상의 모든 꽃들
제 나름의 향기로 나비를 부르는데
나는 네가 부럽고
너는 내가 부럽다 한다
서로를 부러워만 한다.

두물머리에 서서

속이 훤히 들여다보이는 강물은
슬플 만큼 슬픈 눈물로 시작되었다

사람은 사람에게 낯을 가리지만
눈물은 눈물과 섞이는 법,
물방울은 서로 만나 물줄기로 자라고
또 다른 줄기와도 서슴없이 가슴을 섞는다

거슬러 오르는 몇 마리의 물고기는 친구로 하고
이런 저런 만남으로 연을 쌓은 바닥 돌은 쓰다듬고
가로막는 거친 산은 말없이 끌어안고
새벽부터 새벽까지 돌고 돌아서 흐른다

단단한 부분은 어디에도 없지만
낮은 곳으로만 향하는 가슴으로
바위를 깎으며 낯선 길을 찾아
꿈꾸던 바다로 가서 다시 하나가 된다.

꽃꽂이

꽃 위에 꽃,
하늘로 향하는 기도 탑

물을 마셔도 가시지 않는 갈증
대지를 빼앗긴 화훼가
몸을 뉘인 병상

허리를 뎅강 잘린 꽃들
줄을 맞추거나 어긋나게
활짝 핀 꽃보다 화려한 장식으로
소리없이 진열된 무덤

배고파서, 배불러서, 심심해서
툭하면 죽겠다는
밥만 잘 먹는 사람들

아무렇지도 않게 꽃을 잘라
병에 꽂아 놓고 무심히 바라본다.

가을 날 오후

시작은 잃어버렸다
멈추어 선 줄 알았는데
눈 깜빡할 새 여기 와 있다

늘 푸르게 살고 싶었는데
평생 애만 끓이다가
붉게 타버렸다

가을 하늘 높고 높더니만
갈수록 강물소리 깊어진다.

낙엽 1

나무 꼭대기 이파리 하나
바르르 떨더니 힘겹게 진다
바람을 등에 업고 나무를 흔들던
싱싱하며 울창했던 때의 부끄러운 치기에
이제야 붉게 얼굴에 단풍들어
천 년보다 긴,
만근보다 무거운
침묵을 끌어안고
땅으로 내려온다.

낙엽 2

이제 푸른색을 벗고
붉은 새옷을 입어야겠다

자꾸 자라기보다는
웅크려 더 작아져야겠다

위로 오르기보다는
아래로 내려가 편히 쉬어야겠다

아예 죽어서라도
살아있는 이의 밥상을 차려야겠다.

산수유

엄마가 아이에게 뽀얗게 부풀은 젖을
기꺼이 빨리면 수유

봄 산, 나무가 벌에게 노랗게 벙글은 젖을
힘차게 빨리면 산수유.

집밥

아파트 관리비 고지서를 구겨 쥐고
빌딩 꼭대기에서 꿈을 꾸는 사람들

세상을 겉으로만 맴도는 이들의
헛헛한 외로움이

검정이 된
한 조각 가슴을 떼어 넣은
집밥을 부른다

어머니의 품을 떠나올 때
이미 알았다

따스한 것들을 하나하나 잃어버리고
차가운 현기증만 꾸역꾸역 자라
평생 굶주리며 살게 될 것을.

참새와 공룡

참새 앞에서 덩치 자랑 하지마라
참새의 조상은 거대한 육식 공룡일지도 모른다
바닷가 절벽에서 광활한 바다 너머를 그리워하며
그 위를 두둥실 나르는 구름을 보다가
오로지 하늘을 날고 싶은 일념으로
오천만년 동안 열두 번 골격 변화를 이뤄*
참새로 진화한 것이다
지상을 지배하는 포식자였지만
새로운 지평으로 향하는 꿈을 어쩌지 못하고
이웃을 물어뜯던 날카로운 이빨은 뽑아내고
세상을 살면서 뒤틀리던 배알도 때때로 끊어내고
이때마다 고통을 속으로만 삼키며
신음 소리가 새어나올까 가슴 졸이다가
새가슴이 되었다
덕지덕지한 욕심도 싹둑 잘라내서 새 모이만큼만 남기고
주위를 밟아 뭉개던 육중한 몸체와 다리도 갈고 갈아서
휘청거리는 새 다리가 되었다
작은 다리에 세상을 너끈하게 실어야만
하늘을 날 수 있다는 비밀을 알고 나서야
비로소 날개가 돋았다.

* 최근 참새 진화의 정설로 인정되는 학설.

아비로부터

왼쪽으로 돌라면 왼쪽으로
오른쪽으로 돌라면 오른쪽으로 돌겠다
등만 보며 따라 오라해도 편안하게 쫓아가고
걷다가 풍광이 바뀌어도 걱정 하나 없이
가슴이 설렐 것이다

혹 정상에 오르지 못할지라도
쉼 없는 노력은 의심 없이 믿는다

땅속 깊이 자리한 마그마로 화산이 분출하듯
높게 솟구치려면
낮은 곳에 뿌리를 두고
비록 어두운 곳이라도 참고 기다려라

걸어가다가 허공을 잘못 내딛어
하릴없이 나락에 떨어져도
언제 어디서나 맨 아래
바닥에 길이 있음을 믿어라

그렇다면 그렇게만 한다면
더 바랄 것이 없겠다.

은행나무 2

은행나무 열매에서
고약한 냄새가 나는 것은

구린내 나는 구석이 있는 인간들과
너무 오랫동안 같이 살아온 까닭이다.

풍선

자고 일어나 이불을 털면서
꾸역꾸역 아침밥을 때우면서도
어깨 너머로 따라붙는 아내의 잔소리
전염병처럼 번지는 헛바람으로 목덜미에 힘을 주고
매일 아침 일터로 나온다

세상은 오색 풍선 날리는 나날일지라도
무대 아래에서 종일 풍선만 불어대다가
몸 안에 바람 한 점 남김없이 집으로 돌아오지만
다음 날 솜사탕처럼 다시 부풀릴 수 있는 힘은
아이들의 투정어린 어리광

쭈글쭈글한 풍선같은
하루의 허물을 벗으며
바람을 빼고 사는 일이
세상에서 가장 어려운 것이라고 생각한다.

항구

항구는 귀소 본능으로 출렁인다
바람만 일렁이는 바다는 항구의 겉모습
남자가 바람을 찾아 바다로 떠나면
항구의 속살은 여자 홀로 지킨다
누구도 붙잡지 않고
아무도 돌아올 약속을 강요하지 않지만
눈물자국 두르고 떠났다가는
지는 해만 싣고서 기를 쓰고 돌아온다
달은 사리와 조금을 만들고
뻘처럼 찰진 생존의 끈기로, 사내를 바다로
내몰았다가 불러들이는 여인도 만들었다
보름사리, 그믐사리
보이지 않게 차오르는 밀물과
가파르게 쏟아지는 썰물
은빛 비늘 세우고 펄떡이는 생선
목쉰 아우성이 성난 파도처럼 밀려든다
여드레 한조금, 스무사흘 한조금
검은 갯벌 배 내밀고 뒤로 자빠지고
빈 어깨 들썩이는 마른기침만 움켜진 채
구부정한 늙은 어부가 그물을 깁는다
서슬 푸른 침묵의 바다에서
보일 듯 말 듯 포구의 불빛은

어서 돌아오라는 어머니의 그리움 가득한 눈빛이었고
가슴에서 피어난 안개가 세상을 뒤덮은 밤
들릴 듯 말 듯 무적霧笛은
나 여기 있으니 안심하라는 어머니의 간절한 외침이었다
떠나지만 늘 돌아오고 비웠다가 다시 채우는
항구는 기다리고 또 기다린다.

아내

집안을 벼리는 이가 누구인지 알기까지는
며칠이면 충분했다

그 사람이 집에서 보이지 않자
응당 일어나는 일이나 제자리를 차지하고 있을
물건들이 길을 잃고
강아지도 눈빛이 흐리고 꼬리가 처진다
아득한 날,
침묵으로 차곡차곡 쌓인 흰 접시에서 얼굴을
각이 반듯한 수건에서 눈매를 본다

뜨겁게, 붉게 달구다가
차갑게, 검게 식혀버리는 담금질
힘차게 두드리다가
잔잔하게 두드리는 망치질
조곤조곤 구석구석 미치는 연마

안방에 쪼그리고 앉아
구부리고 세우고 날을 빚어내는 대장장이.

술의 미덕

세상이 투명해야 할 이유를
소주를 마시다가 알았다

병에 술이 얼마나 남았는지 알아야
자리를 파할지 이어갈지를 정한다
잔에 얼마나 술이 남았는지 보여야
술동무에게 때맞춰 술을 권하고
넘치거나 모자라지 않게 채운다

취기가 오르면 질기고
질긴 안주도 꿀꺽 삼키지만
채 씹지 못한 것이 가슴에 걸리면
말끔히 속을 비워내고
그러다가 흘리는 눈물은
맑을 수밖에 없다는 것

속이 훤히 들여다 보이는
사람과 함께 마셔야
술맛이 더하는 이유를 깨달았다.

겨울나무

꼭 지내온 만큼의 세월이 묻어있는
평범해서 더 먹먹한 얼굴

스쳐 지나는 싸늘한 바람에도
가볍게 손을 흔들어 인사하고
갈 곳 모르고 날리는 눈에도
기꺼이 벗은 어깨를 내어주는
그런 나무로 서고 싶다

어둠과 추위가 모두를 서두르게 하지만
너그러움으로 항상 제 자리에 서서
뿌리가 줄기에게, 줄기가 뿌리에게
서로서로 온기가 남아있는 물기를 전하여
그렇게 스스로를 지키고,
푸른 날의 꿈을 간직한 채
살아가는 나무이기를 꿈꾼다.

겨울 산

서럽게 불어오는 삭풍은
저 혼자 패악에 지쳐 돌아가고

속이 훤히 보이는 깡마른 가슴팍으로
"괜찮다, 나는 괜찮다" 이렇게 사시다가
이름마저 지운 어머니를 닮은 산은
모든 옷을 벗고 머리칼로 만세를 불렀다

살아있거나 죽은 것이나
까무룩 한숨으로 모든 것을 버린 산,
추위가 절정에 이르면 꿈틀거리며
생명의 순을 틔워 세상을 뒤덮고서
푸른 하늘을 마주한다

겨울 산은 헐벗었기에,
모든 것을 버렸기에,
자신을 드러냈기에,
제자리를 지켜 세상을 품는다.

봄

봄만이 안다

강물이 초록으로 물들고
순백도
붉은 색도 품에 안는 방법을

나비 한 마리 춤추는 이유,
종달새 두 마리가 하늘을 나는 까닭도

기슭에
꽃나무 한그루 심는다.

봄소식

겨우내 얼어붙은 땅 밑에는
바람이 가득 부풀었다

몰래 매화나무에 올라간 바람은
두 발을 굴러서 꽃망울을 깨워
한 송이 붉은 꽃을 피우고
진한 향을 허공에 담는다

매화는 가지가 흔들렸기에
봄을 알리고
나는 마음이 흔들려서
너에게 소식을 전한다.

이 가을엔

들녘으로는 이삭을 딛고 내려오고
산등성이는 노을을 타고 넘어오는

이 가을엔
너도 나도
고개를 숙이고 불타오른다

아슬아슬한 벼랑 끝의 담쟁이 잎
일찌감치 유난히도 빨갛다

이 가을엔
벌초를 해도 잘리지 않는
잡초 가득한 가슴

그 속에서
아찔하게 붉은 너.

수수께끼

세상에서 가장 신비로운
……
탄생

세상에서 가장 무거운
……
밥그릇

세상에서 가장 깊은
……
사랑

세상에서 가장 짧은
……
사람의 일생.

오늘의 여행

먹음직한 미끼에
순식간에 걸려들었다
애초부터 큰 입을 갖고 태어나
입보다 더 큰 욕심으로 먹이를 탐하다가
낚싯바늘에 꿰였다

빠져나오려고 좌우로, 상하로
아가미가 찢어지도록 꼬리지느러미를 흔드는
필사적인 삶의 몸부림은
누군가의 손끝으로 전해지는
그저 쾌감을 더하는 손맛

살 속으로 파고든 낚싯바늘의
숨겨졌던 까칠한 미늘은 절대 벗어지지 않고
점점 옴짝달싹 못하게 옭아매는 낚싯줄에
그는 마침내,
허공에서 버둥거릴 뿐

감쪽같이 탐욕을 숨겼지만
게걸스레 그럴듯한 먹이에 달려들다가
이리 저리 꿰이고 촘촘히 얽어 매여
몸부림치다가, 펄떡거리다가, 허우적대다가

발버둥치는 세상 여행을
오늘도 나는 시작한다.

이름 하나

네 마음이 내 마음이라 믿는 이에게
따스한 사람이고 싶다

내 마음이 네 마음이라고 믿는 이에게
심장 펄떡이는 사람이고 싶다

가슴에 이름 하나
너를 담는다.

통화중

아버지는 언제나 한가하다
아버지의 전화기도 조용하다
하여 아들에게 전화를 하고 또 기다린다
아버지의 어머니가 그러셨듯이

아들은 늘 바쁘다
아들의 전화기도 항상 통화중이다
하여 아들은 아버지가 왜 전화를 하는지
그냥 궁금하기만 할 뿐이다
어머니의 아들, 그 아버지가 그랬듯이.

감꽃

소록도 문둥이는 세 번 죽는다는데
감나무는 여섯 번 꽃을 피운다

연두색으로 하늘을 가려
처음 꽃을 피우고
노란 감꽃이 발목을 덮으면
탐스런 목걸이로 피어나고

감잎이 유난히 붉어지면 이별 편지에
누이의 두 눈에 눈물 꽃이 일어나고
나목에 주홍감이 연등처럼 매달리면
타향살이 나그네 가슴 둥근달이 꽃피고

까치밥 홍시에는 어머니 얼굴이 피고
눈 내리는 새벽
인적 없는 뜨락 흰 꽃이 만발한다.

측은지심의 문장

나태주 시인 · 전 공주문화원장

측은지심의 문장

나태주 시인 · 전 공주문화원장

1.

내가 손경선 씨를 적극적으로 알게 된 것은 그다지 오래
전의 일이 아니다. 그것은 8년 전, 내가 공주문화원장의 일
을 하면서부터의 일이다. 문화원에 들어와 보니 그는 공주
문화원의 이사로 일하고 있었다.

물론 함께 공주에 사는 사람들이므로 그 전부터 우리는
상호간 이름과 직업 정도는 충분히 알고 있었을 것이다. 그
는 의사였다. 내과의사. 공주시내에 '손경선내과의원'이란
의원을 차리고 그 의원의 원장으로 일하고 있었다.

내가 문화원장이 된 이후 우리 가족은 적극적으로 그의
병원의 환자가 되었다. 그는 다른 환자들보다도 우리 가족
들을 신경 써서 치료해주었다. 지내면서 보니 그는 매우 선
량한 인품의 사람이었고 또 환자들에게 섬세하면서도 친절
한 의사였다.

이는 결코 쉬운 일이 아니다. 마땅히 의사로서 그래야 한
다고들 말은 하겠지만 정작 의사로서 현장에서 그렇게 쉽

지만은 않은 일이다. 자연스럽게 그의 병원에는 손님이 많았다. 특히 나이든 환자, 시골에서 찾아오는 환자들이 많았다.

또 지내면서 보니 그는 지방신문에 칼럼을 쓰는 사람이었다. 단기간이 아니라 오랜 기간 글을 썼다는 말을 들었다. 수필 형식의 글인데 생활인으로서 삶에 도움이 될 만한 의학상식이나 생활의 지혜 같은 것을 내용으로 삼고 있었다.

그의 글은 또 다른 의료행위로서의 글이었다. 말하자면 병원에서 환자를 상대로 해서 다하지 못하는 충고를 글로서 대신하고 있었던 것이다. 글 속에서도 보면 그의 선량한 인품이 배어나오는 것 같았다. 따라서 그의 글은 친절하고 사려 깊었다.

그러한 그가 언제부터 시를 써 보겠다고 마음을 먹었는지는 정확하게 알지 못한다. 언제부터인가 그는 내가 공주문화원에서 강의하는 문화학교의 시창작반의 일원이 되어 있었다. 부지런하고 참한 수강생이었다. 결석하는 일이 드물었고 수업시간에도 한눈 파는 일이 없었다.

내가 몸이 아파 병원에 가면 그의 손님이 되어 기죽어 있어야 했는데 그는 반대로 시를 공부하기 위해 내 강의실에 와 매주 월요마다 저녁 7시부터 9시까지 2시간 동안 기죽어 사는 학생이 되었다. 참 이것은 묘한 인연이고 소중한 인연이다.

손경선 닥터의 시는 다른 수강생의 시보다 월등하게 좋았다. 그래서 나는 자주 그의 시를 수업 소재로 삼았다. 이미 칼럼을 오래 전부터 써온 사람이므로 글 쓰는 사람으로서의 기본이 되어 있었던 것이다. 그런데 바로 그 점이 문제가 되었다.

그의 글은 너무 친절한 글이었다. 너무 섬세했고 너무 설명이나 묘사가 길고 지지부진하다는 느낌이 강했다. 산문으로서는 모르겠는데 시로서는 이래서는 안 되는 일이다. 여러 차례 지적을 해주었지만 그는 잘 바로잡지를 못했다.

말하자면 마음으로, 지적으로는 알고 있지만 몸으로, 정서적으로는 잘 안 되는 구석이 있었던 것이다. 하는 수 없이 나는 시집 읽기를 권했다. 한국시 100인의 시집 전질을 읽도록 권했다. 정말로 그는 한여름 휴가 대신으로 그 책들을 독파했다고 들었다.

시가 달라졌다. 그러는 동안 공주문인협회에서 주관하는 웅진문학상 시부분에 응모하여 당선되는 영광을 안기도 했다. 심사를 내가 맡았으므로 내가 적극적으로 그를 선택했을 줄 알지만 그것은 그렇지 않다.

함께 심사를 맡았던 사람은 그 당시 충남시인협회장이었던 구재기 시인이었는데 그가 적극적으로 손을 내밀었고 나는 그의 손을 뒤에서 더 붙잡아주었을 뿐이다. 그만큼 그의 작품들은 일반적인 평가 수준에 맡도록 진전되어 있었던 것이다.

일반적으로 행세하는 시인이 되려면 등단 절차를 밟아야 한다는 것을 우리는 알고 있다. 어떻게 되었든 공부한 기간도 있고 연륜도 있고 하니 등단 절차를 좀 밟는 것이 좋겠다는 의견이 있어 나는 다시금 그를 대전의 김완하 교수에게 부탁하여 『시와 정신』이라는 잡지에 추천의 과정을 거치도록 했다.

이것이 대체로 내가 곁에서 본 그가 시인이 되어 오늘에 이르기까지의 전말이다. 여기에 보태지는 것은 시집 내는 과정의 일이다. 수월찮게 작품이 모여지면 시집을 내어 세상 속으로 내보내야 한다. 거기까지가 시인이 해야만 하는 일이다.

궁리 끝에 고르고 고른 출판사가 또 대전의 지혜출판사다. 지혜출판사는 그동안 괄목할만한 좋은 시집들을 다수 출판했으므로 거기서 내는 것이 좋겠다. 그래서 다시금 지혜출판사의 반경환 대표에게 부탁하여 이 책이 나오게 된 것이다.

2.

시집을 펼친 분은 누구나 곧장 어떤 인자하면서도 순후한 여자 노인의 얼굴을 만나게 될 것이다. 손경선 시인의 자당님 초상화다. 오래 된 사진에서 얼굴 부분만 확대하여 사과 화가로 유명한 이광복 화백에게 부탁하여 그린 시인의 모친상이다.

처음 이 그림을 시집에 넣는다. 그래서 넣지 않는 것이 좋겠다 했고 다음에는 시집의 뒷부분에 살그머니 넣는 것이 좋겠다 하다가 끝내는 제일 앞부분에 적극적으로 넣는 것이 제일 합당하다 해서 그렇게 한 것이다.

왜 그런가? 손경선 시인의 시의 출발점이 바로 그의 모친에 있기 때문이다. 시인은 누구나 시의 출발점을 갖는다. 청소년 시절 첫 마음을 준 소녀일 수도 있고 고향마을일 수도 있고 유년시절의 추억일 수도 있다.

그런데 손경선 시인의 경우는 그의 모친이 강력한 시의 원천이 되었다. 말하자면 시심의 저수지가 되어준 셈이다. 이렇게 시인에게는 정신과 마음의 저수지가 필요하다. 그래야만 일생 동안 마르지 않는 시를 길어 올릴 수 있는 일이기에 그러하다.

> 야트막히 내려앉은 구름 편으로
> 하늘에
> 작은 의자 하나
> 보내드려야겠다
> 힘들 때
> 앉아서 쉬시라고
>
> 남녘에서 불어오는 바람 편으로
> 하늘에
> 물렁한 복숭아 몇 알
> 보내드려야겠다
> 배고플 때
> 맛있게 드시라고.
> ―「어머니 3」 전문

비교적 초기에 만난 작품 가운데 한 편인데 어머니에 대한 추억을 담고 있는 시다. 시의 행간으로 보아 그 어머니는 생전에 편안히 쉬시지도 못하고 자시고 싶은 음식도 마음 놓고 자시지 못한 어머니로 읽힌다.

가난한 시절 쉬지 않고 집안일을 하느라고 고달팠을 것이고 맛난 음식이 있어도 가족들에게 먹이기 위해 그랬을 어머니다. 희생과 봉사의 대명사인 어머니. 누군들 이 '어머니'란 아름다운 단어 앞에 감정적으로 자유스럽고 편안한 사람은 없다.

손경선 시인의 경우는 더욱이 그러하다. 시집의 1부가 모두 어머니에 대한 시편들로 채워졌고 뒷부분에도 어머니에 대한 회심과 때늦은 사랑의 정서는 드문드문 이어지고 있다. 이제는 늙어가는 아들의 눈에 들어오는 어머니의 실상은 다시금 어떠할까.

철화백자를 쇠로 빚는 줄 알던 시절
어머니는 무쇠팔을 가진 줄 알았다

꿈에서도 진정 혼자였을 터
하늘이나 땅이 울리는 소리를 들으며
누구를 기다린 것일까

무릎걸음으로 걸으면서도
그 팽팽한 삶의 끈을 당기기만 한 사람

살아가는 길은 온통 벼랑뿐이어서
무쇠다리로 그렇게 버티셨으리

흙으로 돌아가신 뒤에야
모든 도자기는 흙으로 굽는 걸 알게 되었다.
— 「어머니 4」 전문

'연오십이지사십구년비年五十而知四十九年非라는 말이 있듯이 인간은 이렇게 늦되는 동물이고 또 뒤늦게야 후회하고 뉘우치는 어리석은 존재들이다. '철화백자를 쇠로 빚는 줄 알던 시절'은 어린 시절이고 어둑한 시절이고 철없던 시절이다. 그 시절 어린 시인은 어머니가 '무쇠팔을 가진 줄 알

앗다'고 회고하고 있다.

무엇이든 가능한 사람, 어떤 일이든 해낼 줄 아는 사람, 아프지도 괴롭지도 않은 사람이 바로 어머니였다는 것이다. 그야말로 미욱한 시절의 우리들의 오해다. 그런 어머니가 정작 '흙으로 돌아가신 뒤에야/ 모든 도자기는 흙으로 굽는 걸 알게 되었다.'는 고백은 차라리 능청스러워서 눈물이 나려고 한다.

여기서 '흙으로 돌아간 어머니'와 '흙으로 굽는' '도자기'는 동일한 흙이면서 다시금 동일한 흙만은 아닌 것이어서 생명의 신비, 그 아득한 시원始原을 느끼게 한다.

> 내가 못질로 일군 봉분
> 어머니 가슴에 서고
>
> 어머니 안 계셔서 세운 봉분
> 내 가슴에 서고.
> ― 「봉분」 전문
>
> 세상에서 맨 처음 배워 익혀 뱉은 말
> 엄마
>
> 세상에서 마지막까지 가슴에 담는 말
> 어머니.
> ― 「외마디 경전」 전문

역시 어머니가 소재가 된 작품 두 편인데 다른 작품들에 비하여 길기가 짧다는 데 특징이 있다. 나는 시창작반에서

시 공부를 하면서 우리가 모름지기 써야 할 시를 두고 ①짧게short, ②단순하게simple, ③쉽게easy, ④근본적인 내용basic을 갖추어야 한다고 강조해 왔다.

시의 길이는 짧게 하고 그 구성은 단순하게 하고 언어표현은 쉽게 하고 시의 내용은 근원적인 것으로 하자는 것인데 이러한 주장을 가장 잘 받아들인 시가 바로 이 두 편의 시라고 여겨진다. 그러기에 시집 제목(외마디 경전)도 여기서 왔다.

좋은 시는 독자들에게 잘 전달되어 동감을 일으키고 그것이 감동으로까지 발전하는 시이고 보편성과 외연성이 충분히 보장된 시인 동시에 나름대로 발견(깨달음)이 있는 시라고 흔히 나는 말을 한다. 그렇다. 발견이라고 해도 탐험가나 자연과학자의 발견이 아니라 시인의 발견이다.

그러므로 시인의 발견과 여타의 발견은 다르다. 우리가 살아가다가 문득 이전에 몰랐던 사실들을 깨닫거나 느끼거나 그럴 때가 있다. 스스로 놀라운 느낌일 것이다. 아, 이것이었구나! 유레카의 기쁨이다. 이것이 바로 시인의 발견, 깨달음, 기쁨이다.

적어도 위의 두 편 시에는 그런 수준의 발견이 있다고 본다. 이는 도대체 어디로부터 오는가? 자기의 인생을, 그리고 세상과 자연과 세상 사람들을 부드러운 눈으로 살펴보고 겸손하고 성실하게 관찰할 때 조금씩 보여주는 신의 비의秘意 같은 세계가 바로 이 세계다.

누가 봐도 저승사자와 친해지는 모양새지만
그래도, 그런데도
사람만은 철석같이 믿어

은근히 몸을 비벼와 덥석 안으면
늙어진 자의 심장도 여전히 펄떡이고
참 따뜻하게도 전해오는 체온
차디찬 손이 부끄럽다.
―「늙은 개를 위하여」부분

사람이 비치는 눈동자를 감싸기에
사람을 끌어안는다
노을을 지니고 태어나서
닿지 않는 맨살의 거리를 이어준다
―「눈물」부분

　잠시 옮겨온 시에서 보이는 정조는 단연 연민의 정조다. 발전시키면 그것은 측은지심과 통하고 내가 즐겨 평소 말하는 대로 공자님의 인仁의 사상이고 석가님의 자비심慈悲心이고 예수님의 긍휼히 여기는 마음이다. 이 마음이 인류 지고지순 최상의 마음이다.

　이 마음에서 인류의 문화도 나오고 예술도 시작되는 것이다. 오늘날 우리가 불행하고 불안하고 서럽고 억울하고 분통터지는 것은 모두가 이러한 기본적인 마음이 부족한 탓이다. 모름지기 우리들 시의 출발점도 여기에 있어야 한다고 본다.

　위의 짧은 인용 두 편에서도 보면 인간의 너그러움과 안쓰러움이 배어 있고 그것은 자연스럽게 미안함과 부끄러움으로 이어지고 있다. 이러한 정신이야 말로 한국시의 가장 아름답고 순결한 금맥인 윤동주 시학의 '부끄러움의 미학'으로 이어지는 디딤돌이다.

3.

　글이 좀 길어졌다. 이만큼에서 손경선 시인에 대한 소개와 그의 첫 시집에 대한 어줍잖은 소개의 글을 마칠까 한다. 분명 현명한 독자라면 나의 말이 가장 좋은 말, 가장 옳은 말이 아니고 나름대로 하는 최선의 말일 뿐이란 것을 알 것이다.

　보다 좋은 독해와 문제 해결은 책을 직접 읽는 분들에게 맡기는 수밖에 없는 일이다. 그야말로 나름대로 읽어보실 일이다. 결코 나의 옹졸한 견해만으로 그의 시집 전체가 덮어지지 않는 것을 알게 될 것이다.

　그의 시에는 해학도 있고 능청도 있고 수월찮은 인생의 깨달음도 있다. 그런 가운데 한두 편만을 여기에 옮기면서 이 글에서 나는 하차를 하고자 한다. 하지만 손경선 시인의 시가 모두가 다 좋았고 성공했다고 말하는 것은 아니다.

　내 자신 시인으로 그러하듯이 시인은 생명의 끝 날까지 배우는 사람이고 고달프게 길을 떠나는 사람이고 서둘러 새로운 것을 보고 느끼고 발견하고 또 그것을 성실하게 기록하는 자이다. 그렇지 않고서는 시인으로서는 성공은 요원한 문제이다.

> 누구보다 뜨거운 가슴을 지녔기에
> 차가운 바닷물에 몸을 담갔다
> 끊임없이 밀려오는 고된 일의 해류에서
> 평생을 헤엄쳤다
> 퀭한 명태의 눈을 가진 어머니

얼음처럼 단단하게 집안을 지키는 형은 동태
궂은일을 도맡아서 얼었다 녹으며 자란 누나는 황태
나는 매사에 뻣뻣해서 방망이로 흠씬 맞아야 되는 북어
속은 부드럽지만 겉은 까칠한 바로 아래 여동생은 코다리
꼿꼿하게 세상을 사는 막내 여동생은 노가리

명란으로 품은 자식들을

파도 일렁이는 세상에 내보낸
어머니 속마음은 사실 곰삭은 창난젓
지금은 가고
다른 이름으로 남겨진 명태네 식구.
— 「식구」 전문

   모든 문학작품은 자기 자신의 경험을 뛰어넘기 어렵다.
그런 점에서 모든 문학작품은 체험의 기록이고 나아가 그
것은 개인의 자서전이고 발전시키면 가족사의 전개가 된
다. 더욱이 시작품은 가정적인 분위기와 추억의 표현, 기질
이 그 근본이 된다.
   위의 작품에서도 보면 한 가족 개개인의 삶과 그 특성을
명태의 여러 가지 이름을 빌어 표현하고 있다. 어머니인
'명태'를 앞세워 동태(형), 황태(누나), 북어(나), 코다리(아
래 여동생), 노가리(막내 여동생)들이 줄을 지어 걸어간다.
   시니컬하여 우스꽝스럽지만 끝까지 그러지 못하고 코허
리가 찡해지는 건 우리 자신의 가정사 또한 이와 비슷하기
에 그럴 일이다. 시란 이렇게 나의 것을 솔직 담백하게 드러
냄으로 다른 사람의 그것을 동시에 울려주는 감동의 예술

인 것이다.

마지막으로 나에게 좋게 읽힌(어디까지나 주관적으로) 시 한 편을 아래에 더 옮겨보기로 한다. 이제 손경선 시인은 그 시인으로서의 출발점에 섰다. 때늦은 출발이니만큼 다른 시인들보다 두 배로 부지런해야 하고 두 배로 적극성과 용기를 지녀야 한다. 내일 날에 시인으로 그가 남느냐 남지 않느냐는 오로지 독자들의 판단에 의한 일이고 그의 노력 여하에 따라 결정될 문제이다.

휘영청 오른 둥근달이
어떻게 살고 있느냐고
잘 살았느냐고
조용히 묻는다

가끔은 어머니 주름진 눈매도
꺼내보면서
아직 바라는 것
이루고 싶은 것만 쌓아두었네요

달그림자 밟고 서서
가슴속으로만 대답했다.
— 「보름달 1」 전문

손경선

손경선 시인은 1958년 충남 보령에서 출생하여 충남대학교 의과대학을 졸업하고 충남대학교 병원에서 수련했다. 내과전문의, 산업의학과 전문의, 충청남도 공주의료원장을 거쳐 현재는 공주에서 손경선내과의원 원장으로 재직하고 있다. 2016년 『시와 정신』으로 등단했으며, 제14회 웅진문학상을 수상했고, 풀꽃시문학, 금강시마을 동인, 공주문인협회 회원으로 활동을 하고 있다.

손경선 시인의 첫 시집 『외마디 경전』은 '어머니 찬양'의 극치이자 이 '어머니 찬양'이 종교적 차원으로까지 승화된 시집이라고 할 수가 있다.

이메일 : sksim-10@hanmail.net

손경선 시집

외마디 경전

발   행   2017년 8월 31일
지 은 이   손경선
펴 낸 이   반송림
편집디자인   김지호
펴 낸 곳   도서출판 지혜
            계간시전문지 애지
기획위원   반경환 이형권 황정산
주   소   34624 대전광역시 동구 선화로203-1, 2층 도서출판 지혜 (삼성동)
전   화   042-625-1140
팩   스   042-627-1140
전자우편   ejisarang@hanmail.net
애지카페   cafe.daum.net/ejiliterature

ISBN : 979-11-5728-247-0 03810
값 9,000원